歌集

みつばちのbuzz

日高智　Hidaka Satoshi

青磁社

みつばちのbuzz＊目次

III　2012〜2020

日高智歌集

みつばちのbuzz

I

2022〜2023

ゆきの花

つめたさを胸いっぱいに吸い込んで冬となりゆくからだとこころ

川べりのさくら冬木にゆきの花はひかりつつ咲く日の差しくれば

みずどりのまだおらぬ白一面の朝の川原に靄は動かず

文字変換できないままに閉じられた言葉は冬の乾いた空へ

北山に雪降らす雲のやや晴れて白き傾りの厳かを見す

雪の野に春はみどりの豊けきを国境越ゆる戦車の轍

かの時のディナーはロシア料理店縄手通りの四条のキエフ

かなしみの記憶のように消え残る舗道の雪を踏みつつ歩む

戦地《リビウ》よりひとり逃れて十八歳《じゅうはち》の少女のいちずに書けるカタカナ

翼果

水たまりの氷のようにひび割れて空を映すよわたしの液晶

サワグルミとカエデの翼果が風に乗る森へ行きたし耳澄ましつつ

たいせつな水の一滴ボツワナの通貨単位は一雨《プラ》二雨《プラ》

うっかりと折りたる一枝の紫陽花を朝の冷たき水に遊ばす

炊飯器にカオマンガイをセットしてまだ日の暮れぬ春のキッチン

核共有一字違えば核保有いさましき声の響きあさまし

街頭より連行されるパフォーマー白い衣装を血糊で染めれば

地下壕でうち震えるも村人を虐殺するもかつての日本

地上へと出たる眩しさ青空はひこうき雲に引き裂かれおり

バラ園のばら

こんなにも種類があって愛されて犬のようなるバラ園のばら

ブラジルのイペの黄色に彩られメリケン波止場に咲く春の夢

誕生と終焉の場なるぬばたまのブラックホールをまざまざと見す

寝ぐずりの大泣きの子の胸のうちはじめて言えた「おうちにかえる」

触れあえずおりし手の指足先にようよう届く前屈一年

網のカルビ

大丈夫と言わせてしまう淋しさをひとまず深く吸い込んだ夏

はつなつのガラスを透り街路樹はアクリル板に光を映す

転職の娘の話聴きながら網のカルビがすぐ焼けていく

透きとおるガラスのジャグにからからと凍れる水と凍らせぬ水

ちっぽけな地を這いながらどこまでも空と思うもどこまでが空

元首相

死者に鞭打たぬ美徳はさりながら崇めなくとも　功罪あるを

海原に波が越えゆく線あるを国境と呼び波は消しゆく

地下駅

ふたたびの雪の朝に出勤のひとを送れり地下の駅まで

サイレンの鳴れば逃げ込む地下駅の闇は地球のすべての都市に

敵基地の巡りに住まう人なきや敵という名に子どもも殺す

得意気に専守捨てたるものがたりひまわりを手にひろしまの宴

だんだんと墓地という字に見えてくる戦《いくさ》のための基地という文字

繊月と惑星ふたつ凍てついてぱきんとこぼれ落ちそうな宵

Ⅱ

2020〜2022

covid19 の春

システムのクリックひとつで授業日を休業とする　さよなら三月

日本語で育ったはずのぼくらにも必要となるやさしいにほんご

天災の人災となる岐れ路で信ずるに足ることばの欲しも

マスクしてガム嚙みおればば悲しくも眼に沁むるわれのミントの息よ

春まだき晩霜の夜のコットンの毛布のようにあなたを纏う

みどりごにさかなの時間すぎゆけばかえるの時間ことりの時間

豆挽き

そのかみの恐竜たちの綺羅めける羽毛にややもうすれゆく畏怖

豆挽きは小鳥のようにきしみつつ遥かなるフェアトレードの西風

歳月は無為に過ぐグレタ・トゥンベリに指弾されたる大人のわれよ

ためらいもなくわが名を名乗り老いてゆく何色と自問することもなく

眠れない膝をかかえて夜の辺のかすかさにメガロポリスの星は

末枯れたる数多のつぼみに囲まれて一輪のカーネーションひらく

朝食にあなたが卵を焼く音の聞こえて思うピンクフロイド

都市という残滓を歩まん渇きゆく人新世の末端にいて

悪玉

一本ずつ名前シールを剝がしゆく使ってもらえるのならクレヨン

夏の日のため念入りに床を磨く四半世紀ぶりのずりばいが来る

蟋蟀の鳴く声だった鳴りやまぬ電話のベルの夢より醒むれば

悪玉を退治するべく一時間歩いて今宵の酒買いに行く

菅政権成立

あたらしき総理大臣の決まりゆくわたしと関わりなきところにて

レッテルの剝がしやすさも毎日のワインを選ぶ理由のひとつ

赤木俊夫さん

関わりしひとびとのみな出世せりどの官僚の命も大切

目的地

参道に苔はひとしく常夜灯茶屋の石積みケーブルカー跡

ぎざぎざのチャートの露頭を避けながら足置くところ探しつつ登る

神木の豪雨に倒れたるあたりゆったりと鹿は草を食みおり

みぎひだり足を交互に出せばいいいつかはたどり着く目的地

いちまいの紅葉の落ちて見上ぐれどまだ青々とそよげるばかり

われに似た加納さんどこかにいるらしく声かけられる秋の山道

やや密のバスにて席を譲りたるわたしは偽の加納さんとして

ゆっくりと首を伸ばして咲けるかな母にもらいし祖母の石蕗

霜月の夏日の川のせせらぎに艶めく鴨のくびの濃みどり

はつふゆの街角はひた冷えゆきてひとを待ちつつ星をかぞえる

王　蟲

忘れ去ることはなからんくりくりと歯茎にねじを打たれる感覚

これは罰あるいは奇貨か歳末の下顎骨折入院二十日

夕暮れの街見下ろせば赤い灯のなべて青へと王蟲のように

京都タワーまで伸びてゆく街灯り烏丸通はまっすぐにあらず

オンラインライブを見ているひとを恋う師走の末の病室にいて

病室からこの交差点が見えますかあとで気づいたあなたのメール

極月の翳りゆく陽に滑空の猛禽類の黒点となる

幼子は口で世界を確かめてときどき世界を飲み込みもする

探しものは隠しものにて抽斗に母の混沌極まりにつつ

黒　土

夏過ぎて如月までを休業のカーネーションのつぼみ伸びくる

太陽は均しからずやひび割れしプランターよりこぼるる黒土

ごめんもう動かせないね枇杷の木の鉢割るほどに根を太らせて

春風の森

道端に地蔵のごとく立ち並ぶ杉の切り株苔厚くむす

山椿山桜山躑躅咲きあしもとにとりどりのはなびら

この森に鬼はいますか園児らに問われてしばしためらっている

園児らを見守る髭の保育士の眼差しやさし春風の森

まだ蝶も蛙もおらぬ沢筋に垂れさがる一本の蜘蛛の糸

この沢のみずあふるれば崩れ落つる土と樹々かも麓の家まで

底なしのような気がしてイノシシの泥塗りエステの跡は踏まずに

探査機

銃口が民に向くことヤンゴンの若きらは知る知りて集まる

さまざまな意見のあるを好まない人の好める一丸となること

忍耐という名を持てる探査機は砂にまみれて風の音を聞く

雪柳の花びっしりと咲く枝の空に向かえば白犬のしっぽ

惜しまれて引退するはありがたし段ボール箱に空のファイルを

遠霞する山の端の西風にはるかタクラマカンを想えり

放物線

しらべこそ心を揺らすうたに似て淋しき胸と弾くジャズギター

テンションの和音押さえるフレットのひとさし指と小指の異次元

左手のひとさし指の軋みつつ中華鍋には春のキャベツを

曇りのち雨のち晴れの一日をメトロノームはきちんと刻む

ゆっくりと放物線を繰り返しだんだんひとつになりゆくリズム

意味のないフレーズを意味があるように聴かせてしまうプロというもの

しみじみと静かの海にシナトラの歌う「私を月に連れて行ってよ《フライミートゥザムーン》」

月並みをよしとせぬこと知ればまたたのしからんや音階の妙

六本の弦なめらかに滑るとき指に生るるはうたごころらし

五月雨の午後

だんな様ご主人様と言いよどみお連れ合いさま配偶者さま

水栽培のにんじんの葉の摘みごろは今だなきっと五月雨の午後

母の日のカーネーションと紫陽花の一年《ひととせ》を越えつぼみふくらむ

髪のびて頬のふくらにまみしずかこのごろちひろの絵の童めく

発熱の副反応の母にして泊まりに行けば驟雨の止まず

枕辺へポカリスエットもう蓋をひとりで開けられぬたらちねの

天体の一直線に並ぶとき息ひそめ聞くしずかなる鼓動

蒲公英の綿毛の茎を持たされて吹くこと知らぬ一歳の息

株分けて日向に置けばはしきやし緑黄緑ひろごる擬宝珠

蓮の葉にそおっと足をのせて立つ忍術の欲し花を愛でつつ

夏至の陽のじんじん焦がす草叢の青大将にも恋のあるらん

山道に遇いたる蛇は這いながら我のこころを覗いてゆけり

黒き公文書

エンジンを止めてあなたを待つときのかすかな風に街は暮れゆく

茄子紺の夜明けの風の涼しさにやがてほてりをしずめる素肌

いつだって焦りしかない夏の午後好きなだけ咲くがいい百日紅

背の順に並んでトウモロコシ畑いちばん南がいちばんのっぽ

果てしなきことばの海の岸に立つ一歳八か月これなにと問う

この国のわれは知らねばならぬなぜウィシュマは死なねばならなかったか

一万五千ページの黒き公文書権力のはらわたまざまざと見す

菅政権終わる

総括をするなら何も総括をしてこなかった政権の一年

トンネルで京都の真下に新幹線通す計画　愚かと言わん

チーズケーキ

ああ秋は朝から淋しい曲ばかりあなたが降りた車のラジオ

生きるため国境越ゆる若きらを拒むは罪にあらずや燕

なすべきはさておき朝のストレッチ海外ニュース聞き流しつつ

からっぽの大きな箱が冷蔵庫になるまでの時を卵と過ごす

陽の落ちて明かり灯せば僕たちも宇宙から見る夜景の一部

半月の傾ぎていたり眩しくも黒き絹雲にはつか隠れて

待ちきれずまだ温かいチーズケーキをふたりで味見する秋の午後

くれないの濃きこの秋の花水木散るも散らぬも時雨に濡れつつ

親ガチャ

見上ぐれば杉の細きが北風にゆれおり夜のぶらんこの音

エビ、エビと叫べど重箱にもうなくてひと泣きののちゴチサマと言う

湯につかり緑の玉のしゅわしゅわと溶けゆくを見つおさなとわれと

ふたたびを正月来よと買い過ぎた年越し蕎麦は七草の夜に

ひもじさに泣く子思えばこの世には親ガチャもあり国ガチャもある

「こんにちは」から始めよう玉ねぎのいちばん外の皮むくように

柿、茗荷、無花果も庭にあったけどみんな嫌いと栗むきながら

分量はどのレシピでも二人分いつからふたりになったのだろう

舞茸

オミクロン

別室に寝ることにする同僚の検査結果がわからぬ君と

とりあえず並んで食べるテーブルに透明な板あらぬわが家で

石づきは切り落とすべしどこまでが石づきだろう舞茸の場合

雪とけて畑の土も見えてきてやあここにいたんだねキャベツたち

なめらかなボディのはつか湿りきぬ寒き部屋よりギター来たれば

パラソル

シテルシテル、シテシテシテシテシテ、シーシーシー愛と言わずに鳴きおわる蟬

嘴太の蟬をくわえて降りたちぬぴたりとも止まぬ蟬声フーガ

男物コーヒー色の雨傘をパラソルに烏丸熱帯通

来日後二十日のひとは悲しめり辛みの足らぬ青唐辛子を

たまさかに角を曲がればひっそりと仮店舗にてジャズ喫茶「ちぐさ」

部屋隅に虚を抱ける身をよじりただ風のみを吹き出だしおり

ウクレレの弦やわらかく右指にはじけばさやかなる幸せの音

晩夏《おそなつ》のハグロトンボに遇う庭に生うる擬宝珠の葉影の濃きも

リズムボックス

長月のもう半刻も鳴きやまぬリズムボックス蟋蟀一匹

ふたつきをかけて地球の裏側の青きポストゆ手紙の届く

パソコンで々《くり返し》とう記号打つその都度お世話になる佐々木さん

吊り革は同じ速さに揺れており誰かを支えることに疲れて

種のない柿食べながら繰りかえす昔語りの庭の渋柿

首すじが痛むと湿布はる母はグレン・ミラーに首ふり始む

石畳

あきらめていいこともある初冬の空には白を塗り重ねつつ

バス停のもうすぐ来ますという表示されたる後がなかなか来ない

石畳濡らす時雨ののち晴れて石段下からのぼりゆく朝

洋館にヒロハノナンヨウスギ添いて降誕祭の朝を滴る

「いつくしみ深き」と歌える讃美歌の翻訳されしは文語の時代

ほんとうはもっと日本語うまいはず婚を導く初老の牧師

親族の婚の宴のおだやかにただわれひとり杯重ねつつ

柿の種

ブナの木の幼き幹の芽鱗痕《がりんこん》ゆびに触るればまだ三歳児

手首にはまだ赤ちゃんの線を持つ三歳《みっつ》にダウンフーディふくらむ

郵送の検査結果を待つでなく待たぬでもなくただ柿の種

お支払い方法をお選びくださいの画面に母は棒立ちとなる

線香に香は負けながら水仙のすっきりと咲く小さき仏壇

酢味噌風ドレッシングに白味噌は尽きてしまえり睦月の終わる

Ⅲ

2012～2020

銀杏の坂道

手に職をわが子に願う母親と面談中の窓の弦月

闇の夜をひとり校庭渡るときわれを導く銀杏の匂い

一隅を照らす灯りの校庭にノックの音は鋭さを増す

銀杏の坂道の先　重き扉を開けて宇宙の片隅を見上ぐ

夕暮れを滑走路のように誘えり泉涌寺参道のライトアップは

はつふゆの宵の明星仰ぐとき軌道をそれてゆくものかなし

小惑星帯《アステロイド・ベルト》を航行するごとく仕事がわれにぶつかってくる

金曜の夜はリセットボタン押す　ポテトチップスの脂の指で

大切をぽろぽろこぼしいるようで屑ばかりなるポケット探る

ネクタイをはずしてもなおあちこちに結び目ありぬビール飲み干す

八百人の生徒のうちの誰ならん校庭駆ける狸一匹

唐突にチキンラーメン恋うときのフラッシュバックと呼べるものかも

うやむやのうちに会議はまた果てて主語を持たざる母語ののどかさ

人前で意見を言えぬ生徒みなわれらの子なりにっぽんじんの

ラウドスピーカー

PM2.5
唐土の粒子を核となす雪のゆうべしきりにふりにけるかも

政治家の日本語力の向上のためになすべし教育改革

リンカーン、ジョン・F・ケネディ、キング牧師、演説残し殺されたりき

日本語の名演説をついぞ聞かず巷を走るラウドスピーカー

どこをどう間違えたのか哀しみはヘイトスピーチの記事を読むとき

真実を知る学力を思うとき敗北感はこころに満ちて

五十代の教員われにできること探しあぐねて歳月は過ぐ

宴に行くこころ揺れつつ通り過ぐる関電前の人の集まり

知らぬ間に敵を作りておりぬべし風ぬるく吹く午後の異動内示

さびさびと仕事するのみ桜咲く三月尽にはゆずるこの席

烏丸の瀟洒なビルのクリニックにわがポリープの頸くくられぬ

悪性のものでは決してありません小春日でなく春となりし日に

入社までカウントダウンの夜々を送別会で明かす息子は

段ボール五箱を送りし子の寮はグーグルどおりの高層のビル

子の暮らす池袋から二つめの駅のにおいに少し安堵す

舞鶴

青空を割りつつ走る助手席の父の記憶のナビになき道

舞鶴を父は喜ぶ戦時下の労働の多くを語りはせぬが

蒼天の五老岳より眼下には父の徴用されいし工場

限りある命と思う白樺の樹皮に書かれし抑留の歌

献花

弔問の列の若さよ式場に小田和正の声澄みわたる

繰り返し大型画面に在りし日の姿は動くまた現職の死

白き花を棺にいくつ捧ぐともまざまざと死は奪いつくせり

長き列に並びて献花終えしのちの外の明るさ六月の通夜

水音の人語のごとく囁くを夢に聞きつつ薄明に覚む

朝顔の苗はしずかに枯れており三日ほど逢いに行かざりしが

鼻で絵を描くことを生業として今日も絵を描くチェンマイの象

しずけさの海に降る雪溶けながらプランクトンへの手紙となれり

ノートから水涌きくればてのひらにペンはぴくぴく脈打つ魚

大雪に閉じ込められた集落のニュースは冬季五輪に埋もる

ほんとうにくるのだろうかジェフベック土曜の夜のチケットを買う

ひとり来て静かに並ぶコンサートグッズの列はおじさんばかり

三月の雪積む駅の名のやさし　はっさむ、ていね、ほしおき、ほしみ

冬の海の車窓に黒きひと群れのペンギンのようにサーファー光る

妻と娘がくれたゴディバのチョコレートはおおかたくれた人が食べたり

貝ボタン

虐殺の三十万人が三千人でも謝りつづけるのが普通と思う

ハナミズキの白の眩しき五月なり修羅場めく会議へひとを送れば

欠席の／／／／止まぬ少年の携帯に今朝も拒絶されおり

貝ボタンいくつも留める朝となる五月のきみと肩を並べて

かの河原に石積むように父母の引越しの箱ひとつずつ積む

夏

夏という空の色もてひと打たば痛みはなべて色を持つべし

開拓の物語さえ売りながら夏の牧場のソフトクリーム

舶来の雑貨ながめているひとと夏は過ぎゆく雨の避暑地の

千畳敷カールの夏は来年もあるべし嵐の伊那谷を去る

くさくさとこころは沈む百日紅を見ぬまま果ててしまうか晩夏

岩降る山ゆ

秋になる速さで走る自転車のわれには風も色を持たざり

御嶽山噴火

いちまいの写真遺しし目に映る秋天の青あまたなる礫

灰色のヘリコプターで運ばるる僕だったかも岩降る山ゆ

そのかみの銀河のひかり写すときハッブルひそと鳥肌立たん

何事もなかったように黒板のハートマークを消す午後六時

ネクタイ

人を撃つ子の瞳にも光あれば武力はすべてテロとこそ思え

ネクタイは蛇の巣のごとく絡み合いその一匹を首に巻くなり

白鷺のながき喉を過ぐるとき最後を泳ぐ魚の困惑

約束の路を通りて帰らなんニシキギの紅にこころ染めつつ

樫の実は時間を孕めばポケットにいっぱい詰めて旅の始まる

霜月の風のゆうべはペンギンの雛のすがたの着ぐるみの欲し

はじめての寒波に冷えてゆく部屋で身を寄せあえば僕たちは猫

冬の夜のドアを開ければその風に最後のカレンダーが揺れたり

ステンレスの鍋は窓辺を映してるその前に立つわれの歪みも

母の名を叫ぶのだろうか体ごと爆弾となる少女の往《し》にぎわ

信長がユーチューブ《イスラミックステイト》を駆使していたら斬首焼き討ち流しただろう

白壁に狂った時計しかない部屋で僕らは眠り食べまた眠る

ツンドラ、ツバル

抱きあいてひと夜明けたり秋風の鋭き声に醒めてゆく夢

夢はいつもどこかで生徒が困ってるいつも一緒に途方に暮れる

少しずつ桜もみじは色相を違えてわれのパレットになる

あたたかな冬の雨こそ悲しけれゲレンデましてツンドラ、ツバル

校門の鉄の扉の閉ざされて雀は歩む格子の外に

不審者を止め生徒を閉じ込める門の内にて当番に立つ

答辞

かすかなる茶髪の名残りを咎められ卒業式の朝の号泣

卒業の生徒並ばせ入場す保護者席には栗色の髪

一人ずつ名前読み上ぐふりがなを二十四ポイントに打ち出して

言葉もて伝うるちからこそ学べさざなみのごと沁みゆく答辞

式終えてのちの教室いちまいの卒業証明書の忘れものあり

石亀

放課後の理科教師ふたりの石亀の話は尽きず昨日は遺伝子

ざわついてのちざらついてゆくこころ異動内示の日に降る黄砂

担任のハンコは赤くならねばとカラープリンターの購入される

常はみな右手のせせらぎ見て歩む今日は左の花に見とれて

いかにして取り外すのかと思いいいしが気づけばある朝あらず歩道橋

リオ五輪

さまざまにこころとらえてあやしくもかなしくもあり五輪というは

計算も文字も忘れてぼくたちは運転も忘れていく世に生きる

ごくわずかな違いなのだろう同い年で死んだともだち生きてるわれら

梅雨の雨あがりの朝はひんやりと穂高の夜明けの風と思いぬ

紫陽花のあおむらさきの一叢のひかりに濡れてつかのまの夏

芦生

クロモジの小枝を折れば森の香は我を呼ぶ森の番人のように

ぶなの木の幹に触れれば冷たくて冷たくて触れるぶなの木の幹

いにしえの木地師の庭に植えられし黒松未だ稜線に残る

大きなる杉の根もとの熊の巣の洞はさながらプーさんの家

峠から見る日本海いと近く由良川源流源頭に立つ

Happy Christmas

クリスマスソングを浴びて街路ゆく朝の車窓の明るみ始む

ジョンの声ポールの歌も十二月とりわけ悲しHappy Christmas

八番のバスにてパールハーバーにハネムーンわれら88年
日本人少なかりしよアリゾナの眠れる海は永遠に十二月

海鳥

うずしおの白く泡立つ海の上に阿波と淡路を結ぶ橋あり
大きなる白菜ひとつ眺めつつ遊覧船の出発を待つ

百円のかもめの餌も売りながら咸臨丸は客を待ちおり

海鳥は船の速さに飛びながら餌に食いつく至芸と言わん

休日のひとりの午後に線を引く４ＢＨＢ三番の色

幼年期たとえば船の絵にまるを描き足すときも挫折はありき

神事

しずもれる応接室に待機して願書の処理も仕事のひとつ

指先に十五歳の春の文字を追う入学願書に遺漏あらんや

息詰めて位置を正してえいと押す六桁の数字は受験票に

二度三度確かめて中学の先生に受験票を渡す神事のように

如月の雪の林道歩きたし城丹尾根のくきやかな朝

まなぶたを閉ずれば雪のしんしんと降るごとく見ゆ積もりそうなる

写真機をひょいと渡され月面の画像にアームストロングおらず

橋の上に幼も老いも並びいて工事現場を飽かず見つめる

何をつくるというにはあらねどこのごろは欲しいと思う３Ｄプリンター

山上のホテル

春風の朝に校庭の一隅のイヌノフグリをまたいで歩む

部屋の中でテントを張れる若者とキャンプに行くと娘の言えり

カーナビの選りたる道の思いのほか険しきことも許せる五月

山上のホテルのかたちまだ見えぬ建築現場に息子は立ちおり

息子との十分足らずの立ち話にようよう安堵の顔見せる君

かまやつひろし死す

ゴロワーズわれは吸わねどこの歌を煙のようにムッシュ漂う

老い父のはなしはいつも繰り返し神話はかく生れ口承されしか

さみどりの翼広げてはつなつの林にあまた羊歯の芽浮かぶ

わが子より若き生徒のおさなさにほほえみながら老いゆくらしも

六月の雨の朝のグランドにサッカーボールを蹴るひとりあり

共謀罪成立

一般人とは俺のことかと思うとき一般人などどこにもいない

蟋蟀のこども

会場のみやこめっせに企業名なし公立高校合同説明会

あどけなき中学生の真顔見す合格ラインの数字を言えば

気づけばもう三時間喋り続けおり中学生の列のとぎれず

茶の香る店先を過ぐうすいろの鋪道は夏の陽に灼けていつ

紙を買うこともうなくなりぬ三条の老舗はしずかなる佇まい

山の地図眺めて過ごす昼下がり峠を越えたあたりで覚める

人工の水晶体に入れ替えて八十六歳はっしと吾を見る

蟋蟀のこども液晶ゆ出できたりスペースキーを叩くかそけさ

建築士一級のための塾のあり試験の夜に当確を出す

YES

おそなつの夜の用水路の連れてくる遥かな汽車の音海の音

水門を開けてゆくひと黒雲と風を見ながら自転車で急ぐ

教室からいかに素早く逃げ出さん避難訓練のち英数国テスト

未成年に見えない我もコンビニのレジの画面のＹＥＳを押して

秋めきて望月の見しときめきも諦めもあらめ雨の朝に

清らなる水の恵みのごうごうと関電洛北発電所あり

標識の連なる尾根は境にて右は左京区左は北区

杉の木の根元ざっくり樹皮剝ぎし跡のあたらし熊の棲む森

山裾の運動会のピストルの音の聞こえきて鈴をしまえり

正しい時間

夕暮れの師走の風に立ち止まるみずうみの国のバウムクーヘン

ハンドルを切るたび海の見えながら花散るように煙れる樹氷

山上の息子の現場に雪積みてリゾートホテルのかたちとなりおり

しののめの三日月しんと凍えつつ早当番の娘を送る

ひんがしの比叡の南ほのあかく日の昇り初む予報では雪

真冬とは今なのだろう予報士の真冬並みとは言わなくなりぬ

出題のミスの見出しに怯えつつ最終チェックは眼の乾くまで

おせっかいなワードは大文字に変換す最もしてはいけないときに

リビングの掛け時計にはメモ貼られ太き文字にて　正しい時間です

ナウシカの効能

十歳の少女のように春は来る小さな夏の卵を抱いて

何度めの四月だろういつも新入生は穴から出てきた熊の子のよう

ざわざわと四月の風の胸騒ぎ味噌汁の具のぐつぐつ煮立つ

はなみずきの一枝持って逢いに行くあなたはずっと椿はきらい

熱のある休日一気にコミックス全七巻ナウシカの効能

草屋根

政治家を志す子をまた減らすこの一年の総理のことば

もうだれも取ろうとはせぬ責任という言葉の価値を下げた責任

二〇一X年より国会中継はPG12に指定されました

西海岸にシリコンバレーのまだなくてどこからともなくイーグルス聞こえたり

このごろは風のたよりもありません小鳥が教えてくれるだけです

はつなつの朝ケーキ屋の草屋根にHere we are と告げたる小鳥

夏の大三角

ＡＩにできぬ職しか残らずば高校教師は消えゆくらしも

絶滅の日のあらばこそ最果てのスバールバル諸島に眠る種子たち

矢道からオリーブ畑のきらきらと見えて弓道合宿の夏

的の上に大岩壁の切れて立つ鬼ヶ島とはここかもしれぬ

ふりかえりふりかえり先行くおみなごは辻にて猫のように消えたり

港へと続く川にも潮満ちて河豚の稚魚だと少年は言う

どこにても見守る夏の大三角瀬戸の小島の夜の自主練習

ぱちぱちと花火は絶えて少女らの声溶けゆきぬ静けき波に

つるべ落とし

托鉢僧四人一列わたりゆく横断歩道は大徳寺道《アビーロード》

透きとおる袋に詰めた透明なゴミはミジンコに似た影を落とせり

秋の陽はつるべ落としと言いしかど聞かずなりけりつるべなければ

あかねさす秋の朝の並木道娘を送るのもあと幾度か

内羽根

ウェディングドレスを選ぶひとに混じりわれにもレンタルの燕尾服

衣装係は必ず妻にも確かめてわが式服のサイズ決めゆく

内羽根の黒靴はつか光らせて絹雲の上歩いてみたし

霜月の空高からん人前式の誓いを立てる恋人たちに

居留地の街を歩けば夕闇がショウウィンドウを灯しゆきたり

新郎の父のあいさつ考えて終わりにけりな秋の一日

涙腺のもろさは如何ともし難し湯船で繰り返す婚の御礼

丁寧な議論

しんしんと雁飛ぶごとく秋は過ぐ栗名月の満ち欠けの間に

とっぷりと闇の降りたる冬空を狼になりそうな満月

満月を隠さんとせし黒雲の流れ去りたり胸の裡はさておき

戦争法案

丁寧な議論とは強行採決なり言葉はもはやことばにあらず

今のうちできるものから可決して皆が慣れたら九条もそのうち

真冬への扉の前で佇みて霙にもならず師走の時雨は

麓より雲晴れてゆく東の朝の空に比叡の白し

比叡山の麓に娘の恋人は部屋を借りたり独りには広き

恋人の部屋から見える比叡山は少し違うと写真送り来る

分水嶺

ボタン押しブザー鳴らしてゴルファーの前を横切るいつもの散歩

冬冴えて見渡す谷の向こうより吾を呼ぶ鷹ヶ峯鷲ヶ峰

枯落葉ふみつつ歩むこの尾根も小さき分水嶺みぎにひだりに

うすべにの梅のようよう五つ六つみぞれまじりの雪に揺れつつ

ゆったりと流るる冬の瀬田川に水鳥の波八の字をなす

三日月

五百ピースのジグソーパズルを僕たちに渡して家を出てゆく娘

手を伸ばしつかんだ夢のその先のたとえば虹の色を数えて

自転車と段ボール箱積み込んで娘を送る晴れててよかった

味噌汁とぶりの照り焼き作ったと写真を送り来る新婚二日目

誰かいるような気がして振り向けば山の端うすく三日月笑まう

エイプリルフール

いいひんか、いるいるいるる、いたと鳴く早起鳥に捕えられたり

偽ニュース常に流れていつよりか騒がれもせぬエイプリルフール

定年退職、そして再任用

そういえば四月一日発表の新元号とわれの退職

定年の前に逝きしよ彼岸にも雨は優しく降っていますか

卓上のブーケの色は褪せながら日々に感謝の記憶を刻む

時ならぬ雨に伏したる射干の花庭のたぬきにそっと寄らしむ

南風に花水木散り連休の終わってみれば春の夜の夢

教室の窓を開ければ初夏となりみつばちの buzz きみたちの buzz

さくさくと採点進み少しずつ数値化されていく生徒たち

青もみじ仰げば落ちてくる光苔むす岩の瀬にも届けり

哨戒の雀蜂一匹ずつ増えてやむなく撤退す見晴らし台を

ひと恋うるさみしさに似て白雲のひとつ全き青なる空に

ロンドンは曇り

父は背の曲がりて縮んでしまいたり洋服ダンスのパイプを下げる

娘から画像届きて宮殿に近衛兵おりロンドンは曇り

雨上がりの夜風の通る文月の笛吹小僧のたどたどしきは

プランター育ちの胡瓜くねくねを浅漬けにしてさくさくうまし

一本のほそき擬宝珠の花芽のび花の開けば倒れゆきたり

何もかも手を離れゆく心地して真昼間の百日紅咲くみち

アスタリスク

冷えピタを額に貼りて涙目の女生徒眠らせる夏の午後

反社会的勢力にあらずという欄に先ずチェックする何をするにも

新しき眼鏡に世界は澄みわたり遠き星近きアスタリスク

どの夏も眩しかったさモノクロの光に灼けた砂をつかんで

送り火のしずかに灯り新婚の子らの明日をただに祈れり

蟬の声も蟋蟀の声も聞きながら夏休み明けテストの採点

花終えて刈り込まれたる鉢花の根元に小さき新芽の囁き

まっ白なつぼみをひとつ灯らせて夏の終わりを告げよタマスダレ

夕暮れの秋の川原に風ふけば同じ方角向いて狗尾

蕗の葉の下のこおろぎ夕されば小人となりて洋弓を弾く

酒呑みの父が晩酌やめたとは　慌てて兄が帰省したりぬ

ＳＩＭカード抜けばスマホはただの箱と静かな声で若者は言う

プラスチック

押入れを開ければまるで太平洋プラスチックに実家も埋まる

耳遠き両親に兄の持ち来たる真っ赤なカープの応援メガホン

院内の移動に使う車いす初めて乗ったと父の微笑む

麻酔から醒めても悪夢より覚めずしばらく父の妄言続く

カカオ豆煎られて黒きうすかわの中の一粒かじれば苦し

約束の日

紅葉の上賀茂神社の細殿の白無垢は誰　わが娘なり

神主の読まう祝詞の大方の聞き取りできる齢となれり

神饌は賀茂の恵みの野菜かも小松菜、トマト、ピーマン並ぶ

何枚も何枚も撮る晴れの日の社の森にうから集いて

娘の手をひいて降りゆく階段の下に新郎　約束の日だ

ウェディングケーキは絵本のかたちして振る舞われたり秋晴れの庭

同意書

点滴を外さぬように父の手を縛る同意書に署名せり

生きている父のからだは透明な十三本の管につながれ

挿管はやめてあげてと「のぞみ」から降りたばかりの兄はメールに

三時間が限度か母が病室に付き添うのはカラータイマーが鳴る

病室のモニター画面に寄せ返すひとのからだはいくつもの波

入れ歯なき父の顔にはどうしても酸素マスクのぴったり合わず

母連れて墓買いに行く曇り日の花のつぼみの未だし固し

もうみんな死んでしもたと言う母のみんなの中に父も入りぬ

たましいはいつもそばにおられますよ　和尚のことばに母は眠れず

白鷺と青鷺

朝陽さす川面にひかり揺れゆられ白鷺一羽影として立つ

山なみの時雨の雲の晴れゆけり広ごるはもう冬のみずいろ

はつふゆの時雨の朝に山すその中学校から虹の立つ見ゆ

「みゆ」と打てば人の名ばかりのパソコンに「見ゆ」と教える虹見えた朝

時雨れては晴れゆく道を駆けながら虹となるかも水滴われは

川土手にじっと動かぬ青鷺とじっと見ている母が似てくる

花の芽の固さに坂を下りつつ見上ぐれば山は遠く霞めり

朝礼で注意事項を聴くようにじっと群れいる瀬のゆりかもめ

水鳥のたゆたう先の瀬のはやみ翼のあればこその呑気と

水仙のするどく咲けりもう北へお帰り群れて群れて都鳥

あとがき

第一歌集出版にあたり、最近の十一年間の作品の中から四百三十八首を収めることにした。本書は、逆編年体のように見えるが、そうではなく、Ⅰ（２０２２～２０２３）、Ⅱ（２０２０～２０２２）、Ⅲ（２０１２～２０２０）と分かれたそれぞれの章の中で年代順に並べている。ざっくりと最近の歌、ちょっと前の歌、教員時代の歌、と分けてみたのだが、結果的にⅠはウクライナ侵攻、Ⅱはコロナ禍の時期と重なっている。この十年ほどの間に、子どもたちは独立し、孫が生まれ、そして父が他界した。私は高校の英語教諭を定年退職し、ポトナムでは選者となった。さまざまな意味で節目の年代を迎え、歌集を出版することにした。タイトルの『みつばちのｂｕｚｚ』は次の一首から取った。

教室の窓を開ければ初夏となりみつばちの buzz きみたちの buzz

英語の buzz は蜂などがぶんぶんいう音、人がざわつく音をいう。四月の新学期には緊張していた教室の生徒たちも、五月の連休が明けたころから打ち解けてきて、ざわざわと元気よくおしゃべりし始める。教室に蜂が入ってきたりすれば大騒ぎになり、外へ逃がしてやるまで授業が中断したりする。英語の授業のペアワークやグループワークでは生徒たちが口々に発話してますますにぎやかになる。そんな五月が好きだった。

私は一九九八年にポトナム短歌会に入会し、作歌を始めた。今年でちょうど二十五年になる。それまでは百人一首や教科書に出てくるような短歌しか知らなかったのだが、当時の職場の同僚がポトナム同人で、その方に触発されて短歌に興味を持つようになった。何かを表現できる手段としての短歌を知り、自分の世界が大きく広がったような気がした。

当時ポトナム代表だった和田周三先生や大西公哉先生に手ほどきを受け、その後中野昭子先生に長年にわたり丁寧に添削指導をしていただきました。この場を借りまして厚くお礼申し上げます。また、日ごろお世話になっている京都歌会のポトナム代表中西健治先生と清水怜一先生、ポトナム選者の先生方、京都歌会の皆様や東京の淡青の会の皆様、そして短歌への扉を開いて下さった職場の元同僚である吉村明美様に厚くお礼申し上げます。

最後になりましたが、青磁社の永田淳様、装丁の花山周子様にも大変お世話になりました。心よりお礼申し上げます。

日高 智

二〇二三年八月

著者略歴

日高 智（ひだか さとし）

1998年ポトナム短歌会入会
現在ポトナム短歌会選者・編集委員

ポトナム叢書第五三九篇

歌集 みつばちのbuzz

初版発行日 二〇二三年十一月二十日
著 者 日高 智
京都市北区西賀茂坊ノ後町六七―一（〒六〇三―八八二六）
定 価 二五〇〇円
発行者 永田 淳
発行所 青磁社
京都市北区上賀茂豊田町四〇―一（〒六〇三―八〇四五）
電話 〇七五―七〇五―二八三八
振替 〇〇九四〇―二―一二四二二四
https://seijisya.com
装 幀 花山周子
印刷・製本 創栄図書印刷

ISBN978-4-86198-575-1 C0092 ¥2500E